W0313258

Leo P. Ard / Jürgen Pomorin

Die Miteß-Zentrale

7.3.92

Herzliche Glückwünsche
zum Geburtstag

von Gabi, Horst und
Linden

Wellinghofer Str. 205
4600 Dortmund 30

Umschlaggestaltung: Christiane Wolf
Umschlagfoto: Thomas Range
Bildnachweis: Th. Range (10, 25, 33, 41, 48, 57, 63, 83, 90); Archiv (4, 18, 72, 77)
Satz: Knipp EDV-Satz, Wetter
Druck und Bindearbeiten: Fuldaer Verlagsanstalt
ISBN 3-89425-015-1

Leo P. Ard / Jürgen Pomorin

Die Miteß-Zentrale

und andere unglaubliche

Geschichten

grafit

Ein Buch mit dieser geballten Ladung Weisheit, Witz und Vision kann unmöglich aus dem Textverarbeitungssystem des PC eines einzigen Autors stammen. Beide Autoren sind für ihre Unbestechlichkeit bekannt.

Leo P. Ard ist mittlerweile 38 Jahre alt und Kriminalschriftsteller. Zusammen mit Reinhard Junge schrieb er die Kriminalromane „Bonner Roulette", „Das Ekel von Datteln" und „Das Ekel schlägt zurück". Vorher erschienen: „Roter Libanese", „Fotofalle" (alle im GRAFIT-Verlag, Dortmund)

Jürgen Pomorin ist vorübergehend 38 Jahre alt und freier Journalist. Zusammen mit Reinhard Junge veröffentlichte er eine vierbändige Dokumentation über alte und neue Nazis in der Bundesrepublik Deutschland, die in fünf Sprachen übersetzt wurde.

Der Verlag übernimmt keine Garantie für den Wahrheitsgehalt der Reportagen. Eine Authentizitätshaftung wird ausdrücklich ausgeschlossen.

INHALT

Erregende zoologische Erkenntnisse nach der Wiedervereinigung
86

Die Mitess-Zentrale

Das Ende der Einsamkeit am Küchentisch

Zaghaft drücke ich auf die Klingel. Fast gleitet mir der 82er Bordeaux aus der schweißnassen Hand.
„Ja bitte?“ fragt die Sprechanlage.
„Guten Abend“, sage ich brav. „Ich bin der Mitesser.“
Die Anzeige hatte mich hungrig gemacht: *„Kein Bock mehr auf Einsamkeit am Küchentisch? Lust auf neue Gerichte, neue Gesichter? Die Miteß-Zentrale verschafft Ihnen kulinarische Genüsse und kommunikative Abende.“*
Ich bin ein kommunikationsfreudiger Typ, habe mitgewohnt, bin mitgefahren und mitgeflogen. Warum nicht auch ein Tischtuch mit wildfremden Leuten teilen?
Am Telefon eine erfreulich zuvorkommende Frau: „Unser heutiges Angebot: Chinesisch für zwei Personen, Französisch für maximal 3 Personen, aber Nichtraucher. Viermal Italienisch für eine Person. Gemüseauflauf für

einen, nee, da wird eine Frau gewünscht. Zweimal Fisch. Wild für eine Person."
Was denn der kulinarische Spaß kosten würde, will ich wissen, zum Beispiel Wild?
„Das sollen drei Gänge werden. Plus Wein. 22,- DM möchten die Gastgeber haben. Dazu kommt noch unsere Provision." Ich will wissen, wie und wo der Hase läuft, aber der liegt schon im Pfeffer.
„Tut mir leid, die Adresse kann ich Ihnen am Telefon nicht geben. Die erhalten Sie, wenn Sie die Vermittlungsgebühr bezahlen. Aber den Stadtteil kann ich Ihnen nennen."
Die Frau vom Telefon heißt Johanna Gerhaus, ist Ende Zwanzig, blondgelockt und voller Optimismus. Als ich später in ihrer „Miteß-Zentrale" am Rande der City auftauche, strahlt sie wie eine Kräuterhexe. Den Grund ihrer Heiterkeit kann sie nicht für sich behalten: „Eben habe ich mit einem Boß eines großen Unternehmens gesprochen. Der ist an einer Zusammenarbeit sehr interessiert und überlegt, ob er nicht seine auswärtigen Geschäftsleute zu uns schickt. Denn viele sind es leid, ihre Abende alleine in Restaurants oder Hotelbars zu verbringen."
In ihren Augen leuchtet missionarischer Glanz. „Wir können denen einen häuslichen Abend bei netten Leuten vermitteln, wo sie

auch was über die Stadt und das Leben hier erfahren können."
Während ich mir Gedanken über die möglichen Probleme mit dem Finanzamt wegen der Essensquittungen mache, wimmelt Johanna gerade einen Anrufer ab, dessen Ansprüche über das gemeinsame Mahl hinausgehen. Johanna ist empört: „Wir sind doch keine Beischlaf-Zentrale!"
Allerdings ist sie sicher, daß manchmal die Liebe durch den Magen geht und andere Organe reizt. „Warum auch nicht! Es geht ja nicht nur ums Essen, sondern vor allem darum, neue Freundschaften zu schließen."
Den Braten gerochen hat sie bei der Mitfahr-Zentrale, wo die „heilige Johanna der Autobahn" zwei Jahre jobbte. Jetzt hat sie mit der Bleifuß-Zentrale noch ein Hühnchen zu rupfen: „Denen gehts doch nur um die Kohle."
Ein Motiv, das sie selbst weit von sich weist: „Mich haben die Idee und die soziale Funktion der Miteß-Zentrale fasziniert."
Mit diesen Rosinen im Kopf und einem arbeitslosen Lehrer am langen Arm hat Johanna zu Jahresbeginn das „Tischlein-deckdich"-Unternehmen gestartet. Mit dem, was im ersten Monat vom Tisch abfiel, ist sie zufrieden. „1600 DM! Alles nur durch Mund-zu-Mund- Propaganda und ein paar Anzeigen. Rund 5000 DM haben wir in das Projekt

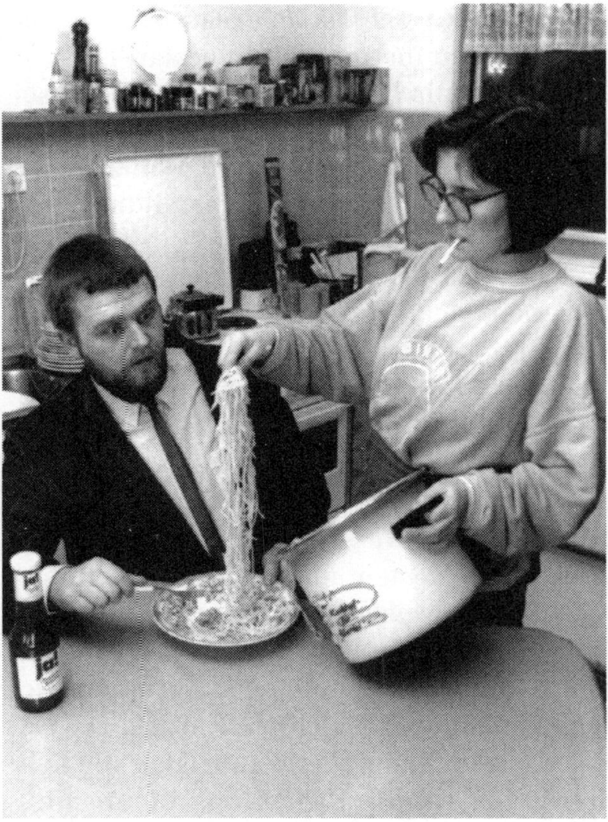

***Das Ende der Einsamkeit am Küchentisch:** „Es geht ja nicht nur ums Essen, sondern vor allem darum, neue Freundschaften zu schließen."*

gesteckt“, sagt sie und weist stolz auf einen Personalcomputer, in dem Zu- und Abgänge gespeichert sind. Vier Tasten gedrückt – und schon präsentiert der Bildschirm die Durchschnittsgebühr: 3,89 DM.
An meinem Gesicht ist ablesbar, daß ich das Unternehmen für gescheitert erklärt habe.
„Das Ergebnis täuscht!“ sagt sie selbstbewußt, „schließlich sind es in der Regel zwei oder drei Teilnehmer pro Mahlzeit. Da kommt schnell 10 DM pro Vermittlung zusammen.“
Als ich den Durchschnittswert hochrechne, stutze ich. Statt einer Antwort reicht mir Johanna eine Preisliste. „Für Essen und Trinken bis 15 DM ist eine Vermittlungsgebühr von 20 Prozent fällig, bis 25 DM 15 Prozent, darüber hinaus 10 Prozent, selbstverständlich sofort zahlbar.“
„Sonst würden wir bei billigen Essen nicht auf unsere Kosten kommen“, ergänzt sie überflüssigerweise.
Dann nimmt sie am Telefon ein Angebot für zwei Leute auf. Irgendjemand hat irgendwo irgendjemandem kurzfristig abgesagt. Da das gespickte Lamm bereits im Ofen vor sich hinbruzzelt, ist die Entsorgung unumgänglich. Frau Gerhaus nimmt wohlwollend die Daten auf.
„So etwas kommt häufig vor“, meint sie

schließlich zu mir. „Vorgestern rief ein Architekt an. Er war es leid, seine Geburtstagsparty mit alten Freunden zu feiern. Fünf Leute konnten wir ihm vermitteln. Gestern rief er an. Es sei die aufregendste Fete seit Jahren gewesen."
Eine Garantie für Menge und Qualität übernimmt die Mitesser-Erfassungsstelle nicht. Das Essen wäre in der Regel genießbar bis sehr gut, behauptet die Pionierin des kollektiven Speisens.
Woher sie das alles weiß?
„Am Anfang hatten wir viel mehr Angebote als Nachfragen. Um nicht viele Leute zu enttäuschen, sind wir selbst hingegangen oder haben Freunde hingeschickt."
Sie faßt sich an die Hüfte.
„Ich habe in den vier Wochen vier Kilo zugenommen."
Wieviel Freunde die Freundschaft aufkündigten, ist Dienstgeheimnis.
Manchmal endete die kulinarische Entdekkungsreise allerdings in fahrlässiger Körperverletzung. „Ein Kunde hat sich massiv beschwert, weil er verdorbenen Fisch essen mußte und am nächsten Tag flach lag." Mit Entschädigungen kann niemand rechnen, der in Teufels Küche gekommen ist. Eine Haftung wird von der „Miteß-Zentrale" ausdrücklich ausgeschlossen.

Die „Johanna der Schlachthöfe“ sieht die Welt so, wie sie ißt. „Groß im Kommen sind fleischlose Gerichte, zum Beispiel Gemüseaufläufe. Völlig out ist Schwein oder Kalb.“
Der Matrix-Drucker spuckt eine Adresse, eine Uhrzeit, den Preis und das Stichwort „Wild“ aus.
Johanna versucht derweil telefonisch, einen britischen Nichtraucher mit Hang zum Asiatischen zu vermitteln. Beim Rausgehen läuft mir ein beschlipster Fettwanst in die Arme. „Habt Ihr auch Diäten?“
Ich zucke mit den Schultern. Bin ich Abgeordneter?

Bei meinen Hobby-Wirten geht das Licht an. Mit hängender Zunge haste ich die Treppen hoch, schüttele Hände, dann den Mantel ab. „Das war doch nicht nötig!“ sagt der Mann, als ich ihm eine Flasche Wein in die Hand drücke. Seine Frau, eine dralle Brünette, wieselt in die Küche. „Entschuldigt, aber ich muß nach den Broccoli gucken.“
Der Tisch im Wohnzimmer ist schon gedeckt, die Sherry-Gläser stehen bereit.
„Ich heiße übrigens Herbert“, sagt der Gastgeber und gibt sich als Studienrat zu erkennen.
Der Sherry ist ein ausgesuchter Appetit-Killer und wäre selbst bei Aldi aus dem Regal

gewiesen worden. Als Vorspeise gibt es die „Klare Linsensuppe“ aus der Februar-Nummer von „Essen und Trinken“. Unsere Köchin muß die Seiten vertauscht haben. Ich löffele die Suppe, die ich mir eingebrockt habe. „Das hat Lotti alleine gekocht!“ meint Herbert anerkennend und bestätigt damit, daß auch einzelne Köche den Brei verderben können.

Der Studienrat knibbelt das Preisschild vom Rotwein ab, schenkt ein. Derweil sind wir uns einig über Menschenrechtsverletzungen in aller Welt. „Aber wir müssen auch in die eigene Stube schauen“, philosophiert Herbert.

Ich werfe einen bangen Blick zur Küche.

Ich bin bemüht, ideologiefrei zu essen, aber bei diesem Hasen werde ich zum Naturschützer. Noch vor dem Nachtisch lege ich dezent meinen Obolus neben den Teller und überhöre die Frage nach meiner Adresse.

„Hat es dir geschmeckt?“ fragt Herbert.

Ich ringe mich zu einem freundlich-ehrlichen: „Ich habe schon besser gegessen!“ durch.

„Aber nicht bei uns!“ sagt seine Frau selbstbewußt.

„Die Schönsten Auffahrunfälle“

Der SCHANDMAUL-Verlag auf Konfrontationskurs

“Edeltraut Weber (23) legte ihrem Freund die Hand vor die Augen und flüsterte: „Ich sehe was, was du nicht siehst und das ist....“. Claude Fellig (25) erfuhr und sah es nicht mehr. Mit Tempo 120 rammte sein Fiat Uno am Frankfurter Kreuz einen VW-Bus und überschlug sich.“

Würden Sie ein Buch kaufen, das voll von derartig makrabren Schilderungen ist?

Sie können es!

Das Werk heißt *„Die schönsten Auffahrunfälle“*, ist im SCHANDMAUL-Verlag erschienen, hat 184 Seiten und kostet 24,80 DM.

Das Paperback enthält 41 Berichte von Betroffenen, Versicherern und Polizeiposten über groteske, grausame und grandiose Verkehrunfälle.

Heinz Stankowicz hat die Erlebnisberichte

der mit dem Leben davongekommenen Raser aufgeschrieben. Der ADAC hat zahlreiche Farbfotos von zerbeulten, ausgebrannten und ineinander verkeilten Fahrzeugen dazugesteuert.
Nach dem Studium der freimütigen Geständnisse fragt sich jeder, ob er sich noch auf die Autobahn trauen kann. Es könnte einem der bei Tempo 180 masturbierende Porsche-Fahrer (S. 67) oder eine koksende Citroen-Liebhaberin (S. 92) entgegenkommen. Freie Fahrt für freie Bürger?
Man kann diesem Buch bei aller voyeuristischen Tendenz noch eine gewisse (verkehrs)erzieherische Funktion zubilligen. Wer dieses edle Motiv dem SCHANDMAUL-Verlag generell unterstellen will, den belehrt der Blick ins Herbstprogramm eines Besseren. Das Repertoire bewegt sich auf dem schmalen Grad zwischen Pietät- und Sittenlosigkeit und künstlerischer Freiheit. Die Produktion geht ins Auge, auch wenn die „Prüfstelle für jugendgefährdende Schriften“ ihres wohl fest zugedrückt hat.
Verlagsleiter Ernst Büllner präsentiert in diesem Jahr doch allen Ernstes eine Serie: „Ästhetik des Todeskampfes“.
Da gibt es den Bildband: *„Der Berg ruft – Todesfälle in der Natur“* (152 Seiten, 18,90 DM). Autorin Katharina Möller hat Fotos von erfro-

renen, ertrunkenen, vom Blitz erschlagenen, von Ameisen zerfressenen Mitmenschen zusammengestellt und mit Tagebuchauszügen („ich kann nicht mehr schreiben, meine Hände sind abgestorben...“, S. 35) und Berichten von Bergwacht und Notdiensten kombiniert.
Der Historiker Bernd Fest-Horke hat die Schwarte *„Schnittstellen der Geschichte – Schlachtszenen vom Bauern- bis zum Golfkrieg“* vorgelegt, eine der ekelhaftesten Veröffentlichungen der letzten Jahre. Skizzen und Malereien vom Schlachtgetümmel der letzten Jahrhunderte, Fotos von Soldaten im Todeskampf, Enthauptungen in Vietnam, durch Raketen zerfetzte Kinderleiber usw.
Während hier offenbar ein sadistisch-voyeuristischer Pseudo-Wisssenschaftler die Hand im Spiel hat, wäscht Verleger Büllner die seine in Unschuld. Im Vorwort schreibt er: „Nicht die Darstellung der Tötung von Menschen ist pervers, sondern der Krieg selbst.“
Ein durchschaubares Ablenkungsmanöver, zumal sich im gesamten Text keinerlei distanzierende Passagen zu Kriegsgetümmel und Tötungsorgien finden. Im Gegenteil. C-Waffen werden als „humanste, leider auch unspektakulärste Tötungsart“ gefeiert (S. 54).
Die zweite Serie des Verlages befaßt sich auf

***SCHANDMAUL-Verleger Büllner:** Profit mit „Schlachtszenen vom Bauern- bis zum Golfkrieg“*

eigentümliche und umstrittene Weise mit Berufsbranchen und der Arbeitswelt.
Rainer Junke und Wolfgang Schmidt berichten über den Alltag der Kasseler Mordkommission: „Wir kamen immer zu spät!“
Die beiden pensionierten Kriminalbeamten konnten mit behördlicher Genehmigung rund 20 Mordfälle ihrer Laufbahn dokumentieren. Was interessant und spannend beginnt, wird bald eine grausige Lektüre. Offenbar begnügen sich deutsche Beamte nicht mit distanzierter und nüchterner Beweisaufnahme am Tatort. Üble Späße mit Opfern, Angehörigen und Verdächtigten scheinen an der Tagesordnung zu sein,- das wird nicht nur in und zwischen den Zeilen deutlich. Die 35 Fotoseiten im Anhang sprechen eine deutliche Sprache. Da winkt der Kommissar mit einer abgehackten Hand, da stellt man sich zur Gruppenaufnahme des Einsatzkommandos mit Kopflosen auf und vieles Schreckliche mehr. Unverständlich, daß das Polizeiarchiv die Fotos freigab.
Im Druck ist zur Zeit ein 180 Seiten umfassendes Buch: *„Am Anfang stand die Leiter – die originellsten Unfälle im Haushalt“*. Hier ersetzen Karikaturen und Zeichnungen die fehlenden Fotos von Zerstückelungen in Küchenmaschinen und Quetschungen an Türen.

Nicht minder abstoßend ist auch der Bildband *„Einschnitte – Meine gewagtesten Operationen“* (186 Seiten, Farbfotos, 32,40 DM), das Lebenswerk eines Chirurgen. Ortwin Harder, langjähriger Operationsspezialist an einem Mainzer Krankenhaus, ist begeisterter Amateurfotograf. Mittels Stativ und Fußauslöser hat er seine Operationen fotografisch begleitet. Das Buch bietet dem Leser Einblicke in die hohe Kunst der Chirurgie und in diverse Innereien von Patienten.
Der Verlag plant, die blutige Serie fortzusetzen. Angekündigt sind: *„Machs noch einmal, Sam – Erfahrungsberichte von Selbstmördern“* und *„Manche zucken noch – Alltagserfahrungen von Leichenwäschern“*.
Kein Wunder, daß der SCHANDMAUL-Verlag mit seiner Produktion ins Gerede gekommen ist. Interessant ist dabei, daß nicht die bluttriefenden Lesestoffe der Ausgangspunkt öffentlicher Schelte wurden, sondern einige antiklerikale Veröffentlichungen.
Wenige Wochen nach Erscheinen waren 5.000 Exemplare eines einmaligen Sündenfalls verkauft: *„Was habe ich gelacht! Berichte eines Beichtvaters“* (124 Seiten, 19,80 DM). Das Buch erhielt mehr Strafanzeigen als Rezensionen. Vielleicht gerade deshalb ist eine zweite Auflage in Druck. Ob sie den Buchmarkt erreichen wird, ist noch ungewiß. Das

„Bischöfliche Ordinat“ der Katholischen Kirche in Paderborn strengt zur Zeit einen Prozeß gegen Verlagsleiter Büllner an. Die Gerichte müssen sich beeilen. In Vorbereitung sind: *„Nachtphantasien deutscher Mönche“*, *„Der Herr kam über mich – Haushälterinnen berichten“*.

Satanica 2000

Die Messe der schwarzen Messen

Ein farbenprächtiger Gockel reckt seinen Hals und kräht, als hätte ihn der Hafer gestochen. Kräftige Männerhände befreien den Hahn aus seinem Gefängnis auf einem altarähnlichen Tisch. Doch die rettenden Pranken gehören nicht einem „Roten Zora"-Kämpfer gegen Käfighaltung, sondern einem Anhänger der „Satanistic Church Buxtehude". Und der macht kein großes Federlesen. Ein Dolch durchschneidet die stickige Luft in der Halle und dann den Hals des Gockels. Erst spritzt und sprudelt das Blut, dann muß der Hahn Federn lassen.

Ein Dutzend Männlein und Weiblein in weißen Gewändern besudelt sich kreuzigenderweise mit dem aufgefangenen Blut, senkt die Häupter und murmelt Lateinisches.

Als sich die teuflische Schar mit den fremden Federn schmückt, gibt es Szenenapplaus.

Ein paar Fotos noch, dann kräht kein Hahn mehr nach dem toten Vogel. Die Zuschauer

drängeln sich an den nächsten Messestand, wo eine „Heiligenschändung" angekündigt wird.
Richtig gelesen!
Was hier stattfindet, ist nicht die mitternächtliche Schwarze Messe auf dem Ohlsdorfer Friedhof, sondern eine Performance auf der „Satanica 2000".
Was vor Jahren noch jeder für unmöglich und geschmacklos gehalten hätte, ist nun Wirklichkeit: Die erste nationale Messe der Schwarzen Messen findet in Hamburg statt.
Okkultisten, Satanisten und Spiritisten geben sich zur gesegneten Weihnachtszeit ein Stelldichein in den Messehallen. Auf Einladung des „Dachverbandes der Nichtchristlichen Religionsgemeinschaften (NCR)" haben sich 68 äußerst skurrile Vereinigungen zur provokativen öffentlichen Selbstdarstellung zusammengefunden. Vom „Esoterischen Gesprächskreis für Alleinerziehende" aus Paderborn (Stand 17) über die „Satanistische Kirche, Et spiritus sanctus" aus Stuttgart (Stand 29) bis zur „Gruftie e.V. Marl-Hüls" (Stand 62).
Er wird geopfert und gesungen, gepeinigt und gepredigt – auf Teufel komm raus.
Ein Exorzist aus Kleve (Stand 7) präsentiert jeden Tag um 12.00 Uhr eine Teufelsaustreibung. Ein Endvierziger mit wirrem Blick

und zerzaustem Haar wird in einen durch Krähenfüße gekennzeichneten Kreis geführt. Der hochgewachsene Seelsorger in brauner Mönchskutte redet so lange auf ihn ein, bis den Mann alle guten Geister verlassen. Wilde Zuckungen plagen ihn. Nach zehn Minuten scheint der Teufel mit dem Belzebub ausgetrieben zu sein. Schweißgebadet und mit zerwühlter Kleidung, aber sichtlich erleichtert steht der Ex-Besessene den Umstehenden Rede und Antwort.

Am Nachbarstand wird der Dialog mit dem Universum geprobt. Exobiologen, UFO-Forscher und – Special Guest am ersten Messetag – Nina Hagen sprechen über ihre Meetings mit Außerirdischen. Eine Spiritisten-Truppe aus Herne mit Heim auf Lanzarote (Stand 11) zeigt Dias vom Sonnenuntergang und weist Wege, mit dem persönlichen „Schutzgeist" Kontakt aufzunehmen, ein „Gesprächskreis für körperorientierte Selbsternährung" (Stand 45) weist den Weg ins Dauerfasten. Eindrucksvoll ist die Show des italienischen Magiers Clemento Fruscati (Stand 51). Aus der Schar der Zuschauer läßt er Freiwillige antreten, die nach kurzer Hypnose barfuß durch ein Beet aus Scherben und Glassplittern gehen. Niemand wird verletzt! Seine pseudoreligiösen Beschwörungen fallen mager aus, entpuppen sich

Satanica 2000: „Es wird geopfert und gesungen, gepeinigt und gepredigt – auf Teufel komm raus.“
Und das Outfit muß stimmen.

schließlich als reiner Opportunismus. In Wirklichkeit heißt der Hexer Clemens Fuchs, kommt aus Bottrop und tritt meistens als Zauberer bei Betriebsfeten, Schreberbällen und Maifeiern der DKP auf.
Wie die Friedensbewegten ihre Ab- und Ausrüstungsbasare, Rockfans ihre Trophäensammlungen, so haben auch die Ketzer ihren Nippes. Der „okkultische Versandhandel Marburg" leiert den Messebesuchern so manchen Heller aus dem Kreuz. 12 DM für eine Ampulle mit Schweineblut („Ein Muß für jede Schwarze Messe!"), 18,50 DM für ein Amulett aus Krähenfüßen („Gegen AIDS und Teufelsattacken!"), 72 DM für eine komplette schwarze Kutte (50 Prozent Baumwolle, 50 Prozent Polyester). Die Kultbrüder aus dem Hessenland verscherbeln Alltägliches wie Gebetsbücher, Peitschen, Ginsengwurzeln und Ungewöhnliches wie Rosenkränze aus Scherben und Kreuze aus Solinger Klingen („Nie war Beten so schmerzvoll wie heute...").
Am Eingang der Halle kann man den Teufel an die Wand malen. Eine blütenweiße Wandtafel fordert zu Kommentar und Selbstverwirklichung auf. Da soll Feuer gefangen werden („Gutsituierter Satanist (40) aus dem Frankfurter Raum sucht teuflisches Weib zwecks gemeinsamer Freizeitgestaltung")

oder durchs Feuer gegangen werden („Grufties aus Norderstedt suchen willige Jungfrau"). Spirituelle Tischrücker aus Erlangen suchen einen Übungsraum („Eigener Eichentisch vorhanden"), die „Vereinigungen Ostholsteiner Vampire" Kontakte zu einem Verlag für ihr Kräuterbuch („Kochen ohne Knoblauch").

Im Vorfeld der Veranstaltung waren die Okkultisten in Teufels Küche geraten. Auf Drängen der Katholischen Kirche stornierte die Messeverwaltung den Vertrag. Mit Hilfe des Verwaltungsgerichts („Keine Hinweise auf sitten- und jugendgefährdende Aktivitäten") konnten die Kult-Brüder und -Schwestern dennoch ihren Einzug in die heiligen Hallen halten. Der Sektenbeauftragte der Evangelischen Kirche drohte den Gottlosen daraufhin mit Protestaktionen: „Eine Beleidigung für Millionen Christen."

Die Antwort der Gottlosen bestand in der Zusendung eines auszufüllenden Antrags für einen Stand der Evangelischen Kirche.

Am Eröffnungstag fand sich auch nur ein Häuflein Protestierender ein, eine große Koalition aus Punks und Betschwestern. Sie konnten lediglich einen Achtungserfolg erringen, indem sie einen Lieferwagen erstürmten und einem Dutzend Hähne die Freiheit schenkten.

Die teuflische Messe geht bis Ende der Woche.
Eintrittspreis: 12 DM, „Sozialkarten“ gibt es auch! Wer seinen Kirchenaustritt nachweist, erhält 3 DM Ermäßigung.

„Zum Wohl des Volkes“

Eine Bar erinnert an die DDR

Über der spiegelblanken Theke hängt ein Transparent: *„Gesundheit und Lebensfreude – unser humanistisches Ziel.“*
Unter einem Winkelement[1] mit Hammer und Zirkel im Ährenkranz lächelt Erich Honecker von der Wand.
Kein Filmausschnitt aus den Tagen, als es noch einen zweiten deutschen Staat gab. Wir befinden uns im Jahre 002 nach Honecker. Ganz Berlin ist von neondurchfluteten Bars und Nouvelle-Cuisine-Restaurants durchsetzt. Ganz Berlin?
Nein! In Schöneberg will ein kleiner gastronomischer Betrieb der Übermacht der Edelpubs trotzen. Ausgerechnet im Westteil der Stadt etabliert sich in diesen Tagen ein Schuppen, der auf extreme Art Vergangenheitsbewältigung betreibt und ex-realsozialistische Fetische präsentiert.
Die Arbeiten zur Eröffnung der Kneipe mit dem unverwechselbaren Namen „Zum Wohl

des Volkes“ laufen auf vollen Touren. Ihre Besonderheit: Produkte aus dem einstigen sozialistischen Musterländle sollen in die Kehlen Berliner Kneipenbesucher fließen: Wernesgrüner Pils, Nordhäuser Korn, Rotkäppchen Sekt. Im „Wohl des Volkes“ wird es ausschließlich Markenartikel aus der Ex-DDR geben. Das fängt bei Zigaretten an („Caro“, „Club“ und „Cabinet“) und hört bei Schmalkalder Salami und Rostocker Hering noch lange nicht auf.

Horst Finkemeier, Eigentümer des Ladens, ist siegessicher: „Ob Fabrikhallen-Diskos oder weißgetünchte Cocktail-Salons, die Szene will ständig neue Spielplätze. Unser Laden wird die Nummer Eins in Berlin werden, das ist klar!“

Auch ehemalige DDR-Bürger sollen in den Schoß der volkseigenen Versorgung zurückfinden. Finkemeier: „Hier finden die ein Stück Heimat.“

Finkemeier hat die komplette Einrichtung eines „Haus der gepflegten Gastlichkeit“, Preisstufe III[2], aus Parchim übernommen: Plüschsessel und Nierentische, Plastikstühle und Kunstleder-Hocker. Leitungsabhängige, standortvariable Beleuchtungskörper[3] spenden dezentes Rotlicht.

Mit sichtbarem Stolz verweist Finkemeier auf die Ausstattung seiner Bar. Im ersten Re-

gal stehen *Nordhäuser*, der berühmt-berüchtigte *DW* (Deutscher Weinbrand) sowie diverse quietschbunte Liköre. Ganz oben im verspiegelten Fach verleihen *Johnny Walker* und *Bols-Pfefferminzlikör* der Einrichtung internationalen Touch. Aber die Flaschen sind leer und dienen nur der Dekoration.
Das Orginal dieser Theke stand in der werkseigenen Bar des VEB Formkastenwerk in Freyburg an der Unstrut, die Finkemeier zwecks Milieustudien kurz nach Maueröffnung besichtigte. Von dort, der Wirkungsstätte Turnvater Jahns, wurde auch ein Geheimtip übernommen: Wermuth und Weinbrand mit einer eingemachten Sauerkirsche. „Manhattan“ hieß der raffinierte Cocktail im sozialistischen Freyburg, hier heißt er „VEB Formkasten“ und kostet 5,97 DM.
Die Drinks sind ausgefallen: Da gibt es die Cocktails „Katharina Witt“ (viel auf Eis), „Deutsch-Sowjetische Freundschaft“ (bittersüß), „Hermann-Axen-Flip“ (kurz und scharf). Mein Favorit heißt „Mielke soft“ (Rum, Wodka, Zitrone und eingelegtes Schokoladenherz). Er steht nicht auf der Karte.
Neben vier Biersorten (Radeberger, Wernesgrüner, Berliner Spezial Bräu, Luxator) finden sich auch „1 Glas Zitronenwasser, naturell, 2,81 DM“ oder „1 Tasse Malzkaffee,

komplett, 2,55 DM“ auf der Speisekarte aus Altpapier.

Natürlich sind auch die Speisen aus dem ehemaligen Reich Honeckers: „Feines Würzfleisch auf Toast“ für 8,67 DM, „Suhler Topf mit Setzei“ für 9,53 DM, „Hering 40. Jahrestag“ mit Sättigungsbeilage, 7,28 DM.

Die ausgelegten Zeitschriften, das „Neue Deutschland“, „Für Dich“ und „Fröhsi“[4] sind zwar vier Jahre alt, aber – laut Finkemeier – ein unverzichtbarer Bestandteil. Am Ausgang liegt das „Beschwerdebuch“, in dem jeder Gast seinem Unmut über Versorgungsengpässe freien Lauf lassen darf.

Das Design für die Dienstkleidung des weiblichen Personals wurde bei einer Schweriner Gaststätte abgekupfert und im Nachfolgebetrieb des „VEB Tadellos“ hergestellt: kurzärmelige, weiße Nylonkittel, knielang und abwaschbar.

Im angrenzenden Aufenthaltsraum für das Personal signalisiert ein selbstgemaltes Plakat „Maß unserer Arbeit: Ehrlich, gut, parteilich! – Selbstverpflichtung des Kollektivs ‚Zum Wohl des Volkes’ im Berufswettbewerb“ die große Bereitschaft der Werktätigen zu hohen Leistungen.

Finkemeier sucht noch Leute, vor allem einen Mitarbeiter für warenbewegende Prozesse[5].

Zurück in den „Schoß der volkseigenen Versorgung“ mit „Hermann-Axen-Flip“ und „Suhler Topf“

Am Wochenende stehen „Abende für junge Talente" und Tanzveranstaltungen auf dem Programm. Es herrscht allerdings Krawattenzwang und Jeansverbot. Augenzwinkernd verrät Finkemeier, daß man an der Garderobe für 5,05 DM eine Krawatte mit dem Aufdruck „Zum Wohl des Volkes" kaufen kann. Vergnügen soll man sich allerdings vorwiegend bei Klängen von östlichen Unterhaltungskünstlern wie *Karat* oder *Puhdys*. Als Erkennungsmelodie wird Tamara Danz von Silly klagen können: *„Die Ferne ist ein wunderbarer Ort, doch wenn man da ist, ist sie fort."*

Die Idee, einen Teil der Sitzplätze für eventuell unangemeldet auftauchende Parteiprominenz oder Delegationen freizuhalten, hat Finkemeier nach einer Rentabilitätsrechnung fallengelassen. Die berüchtigte Kordel aus dunkelrotem Samt hängt symbolisch am Notausgang.

Eintreffende Gäste werden plaziert. Sollte sich das Bedienungs-Kollektiv ausreichend beschäftigt fühlen, muß die potentielle Kundschaft vor der Tür warten. Dieses Feeling wird für viele ein zusätzliches Erlebnis werden, prophezeit Finkemeier.

Die Detailtreue hat auch Nachteile: Auf den Toiletten riecht es aufdringlich nach dem damals in der DDR üblichen Reinigungsmittel,

das Schild „Was der XI. Parteitag beschlossen hat, wird sein!“ versperrt den Blick auf den Spiegel, das Toilettenpapier ist zu rauh für das verwöhnte Westgesäß.
Woher Finkemeier seine Ware bezieht, bleibt sein Geheimnis.
Für die Eröffnungsfeier hat sich Polit- und Kneipenprominenz aus der ehemaligen DDR angekündigt. Der ehemalige SED[6]-Bezirkschef von Ost-Berlin, Günter Schabowski, soll den Eröffnungscocktail trinken. Der feuchtfröhliche Subbotnik beginnt am 17. Juni um 20.00 Uhr, pünktlich, nach einer Videoeinspielung der „Aktuellen Kamera“.

Anmerkungen:

1 Fahne
2 gutbürgerlich
3 Tischlampe
4 „Fröhlich sein und singen“, Kinderzeitschrift
5 Lagerarbeiter
6 Sozialistische Einheitspartei Deutschlands – Regierungspartei bis 1989

Quark oder Joghurt?

Aufstieg und Untergang eines Meinungsmachers

Der Kölner Medienexperte Heinz Peters (38) gilt in der Branche als erfolgreicher Geschäftsmann, ohne daß so recht jemand die Art seiner Tätigkeiten beschreiben kann. Nun hat er überraschend seinen Beruf aufgegeben und ist in die Vogesen gezogen.
Ursprünglich war mit Peters ein Interview ausgemacht. Zum ersten Mal wollte sich der Karrieremensch über seinen Job und die Umstände der Geschäftsaufgabe äußern. Aus einem Interview wurde weitgehend ein Monolog. Ich habe deshalb darauf verzichtet, meine Zwischenfragen im Text zu belassen und beschlossen, Peters' Rede im vollen Wortlaut wiederzugeben. Er hat die vorliegende Fassung autorisiert. Es ist ein aufwühlendes und zugleich erschütterndes Dokument über den Niedergang der Meinungsfreiheit.

So dumm es klingt, meinen Aufstieg habe ich einem Abstieg zu verdanken.
Ich war viele Jahre Redakteur im Ressort „Innenpolitik“ einer angesehenen Kölner Tageszeitung. Sie wissen schon: Exclusiv ist nur das, was man selbst erfindet.
Ich stolperte über die Wahrheit und wurde vor zwei Jahren arbeitslos.
Während eines Stadtbummels geriet ich an einem sonnigen April-Tag in eine Straßenumfrage. Live im Rundfunk, Thema: Getränkesteuer. Vielleicht erinnern Sie sich, die Wellen der Emotionen schlugen hoch, die Argumente gingen baden.
Ich hatte eine Meinung und war mir nicht zu schade, sie ins Mikrophon zu sagen. Die Leute haben geklatscht. Hinterher zog mich jemand zur Seite. „Das haben Sie wunderbar gemacht, so überzeugend und selbstsicher“, meinte ein gutgelaunter Endvierziger mit Fahne. „Darf ich Sie zu einem Drink einladen, ich habe da Beziehungen.“ Auf seiner Visitenkarte stand: *Fritz Schröder, Pressesprecher des Hotel- und Gaststättenverbandes*.
Eine Woche später rief er an. Ob ich umgehend in die Einkaufsstraße kommen könnte, es wäre ihm einen Hunderter wert. Es gab einen Menschenauflauf. Schröder stand etwas abseits und beäugte ein Fernsehteam, das Passanten interviewte. Es ging wieder

um Pro-und-Contra-Getränkesteuer. Ich versprach, mein Bestes zu tun.
Ich war der überzeugendste Redner im ausgestrahlten Beitrag, immerhin eine Minute. Ich war noch einmal im Rundfunk, zweimal in der Zeitung und einmal sogar in einer öffentlichen Podiumsdiskussion. Insgesamt hat mir die Kampagne rund 1000 DM eingebracht.
„Was halten Sie von Zement?" fragte mich Schröder nach einer Siegesfeier.
Ich mußte gestehen, daß ich zu Zement keine ausgeprägte Meinung hatte. Schröder überzeugte mich, daß eine positive Einstellung zu Zement erstens sinnvoll und zweitens auch lukrativ sei. Sein bester Freund war nämlich Pressesprecher der Zementindustrie und machte mit dem Slogan „*Wie gut, daß Zement nicht brennt!*" eine Kampagne. Er benötigte einen überzeugenden Pro-Kandidaten.
Ich las mich in die Materie ein und war am nächsten Tag ein brillanter Fürsprecher an einem Info-Tisch.
Ich stellte fest, daß eine Meinung Gold wert sein kann, wenn man sie nur am richtigen Ort den richtigen Leuten mit richtigen Argumenten sagt.
Schröder hatte viele Freunde.
Der Vogelschutzbund rief an, der Verband

der Schmierfett-Industrie und der Züchter des arabischen Pferdes e.V.. Ich sprach über das Reinheitsgebot des Bieres und die jungfräuliche Empfängnis der Mutter Gottes, prangerte Retortengeburten und unverbleites Benzin an, legte mich gegen einen fernsehfreien Dienstag und für eine Heinrich-Lübke-Gedenkstätte ins Zeug und bestand öffentlich den Pepsi-Test.
Ich wurde Profi, gründete eine Agentur und nannte mich *„Product Promoter & Medienberater"*.
Es war nicht immer einfach. Ein Beispiel: Ich war gerade erfolgreich für die Arbeitgebervereinigung **gegen** die 35-Stunden-Woche zu Felde gezogen, da engagierte mich die Gewerkschaft **für** die Verkürzung der Wochenarbeitszeit.
Ich mußte mir nicht nur eine andere Meinung zulegen, sondern auch ein anderes Outfit. In diesem Job ist man alles in einem: Schauspieler, Regisseur, Buchhalter, Rechercheur und Maskenbildner. Mal zog ich als Yuppie, mal als Schlappi. Mal mit Krawatte, mal mit Halstuch. Hier einen Drei-Tage-Bart tragend, da glattrasiert mit Pomade im Haar, je nach Produkt und Auftrag.
Zuerst arbeitete ich nur in Köln, dann in ganz Nordrhein-Westfalen. Viermal war ich in der Fragestunde bei Carmen Thomas. Sie

hat mich nicht wiedererkannt. Dann weitete ich meinen Wirkungskreis auf die Bundeshauptstadt aus und attackierte die Bonner Parteien, abwechselnd natürlich. Kürzlich verhandelte ich sogar mit den Fundis bei den Grünen. Die wollten den Realos etwas unterschieben, trauten sich aber nicht, einen aus ihrer Mitte zu opfern.
Ob ich Gewissenskonflikte gehabt habe? Warum sollte ich? In einem Land, in dem man für Steuerhinterziehung mit einem Parteivorsitz belohnt wird, der Werbeetat eines Brühwürfels so hoch ist wie die Hilfeleistungen fürs hungernde Afrika, wo man mit 180 Sachen nach Hause düst, um die erschütternde Sendung übers Ozonloch nicht zu verpassen...
Mein Gewerbe boomte. Immer öfter mußten Mehrpersonenstücke inszeniert werden. Ich stellte ein paar arbeitslose Lehrer ein; die sind bekannt für ihre missionarische Art. Meine Leute arbeiteten mit Grundgehalt und Erfolgshonorar. Dafür verlangte ich Einfühlungsvermögen und Einsatzbereitschaft. Meine Angestellten müssen sich manchmal innerhalb von Stunden in eine Problematik einarbeiten, überzeugende Argumente und griffige Parolen entwickeln. Einem großen Mineralölkonzern war das für drei meiner Mitarbeiter eine Woche Schulung auf den Seychel-

Mal Yuppie, mal Schlappi, mal Fundi, mal Realo:
Heinz Peters macht live bei Carmen Thomas („Hallo Ü-Wagen") Meinung für Produkte und Politik.

len wert. Die Leute sind jetzt Profis, denen macht keine Benzinpreiserhöhung mehr zu schaffen.
Zur Not müssen sich meine Angestellten auch um 5.00 Uhr aus dem Bett wälzen und vor einen Betrieb radeln. Umfrage zur Stahl- und Kohlekrise. Die dürfen nicht zu fein sein, sich mal einen Blaumann anzuziehen und Frühschicht zu mimen.
Mein Gewerbe ist hart und manchmal auch gewalttätig.
Erinnern Sie sich an die Tritte gegen den ehemaligen Frankfurter Oberbürgermeister Wallmann, damals auf einer Gewerkschaftsveranstaltung?
Sie werden nicht glauben, wer die Rechnung bezahlte. Aber das fällt unter berufsbedingte Schweigepflicht. Meine damalige Beinarbeit war mein letzter Fehltritt. Es gibt schließlich auch so etwas wie Berufsethos. Damals beschloß ich, nur noch gewaltfrei zu agieren.
Das war die erste innere Korrektur meiner Berufsauffassung mit ungeahnten Konsequenzen. Der nächste Einschnitt kam mit der Bundestagswahl.
Ich konnte mich nicht entscheiden, wem ich meine Stimme geben sollte. Ich hatte die Kandidaten aller Parteien beschimpft, alle Wahlreden auseinandergepflückt. Wenn

mich jemand bezahlt hätte, wäre die Sache einfacher gewesen!
Eines Nachmittags wollte ich Getränke kaufen. Vor dem Weinregal brach mir der Schweiß aus. Ich bin für deutsche Weine in die Bütt gegangen, konnte ich da nach spanischem Rioja greifen?
An der Fleischtheke zitterten meine Hände. Ich habe die industrielle Geflügelhaltung angeprangert, aber auch in einer Umfrage Brathähnchen zu meiner Lieblingsspeise deklariert.
Mit leerer Einkaufstasche verließ ich den Laden.
Ich zog mich etwas aus der „Vor Ort"-Arbeit zurück, beschränkte mich auf Buchhaltung und Auftragsannahme. Auf meine Mitarbeiter konnte ich mich verlassen.
Die Depressionen vermochte ich dennoch nicht zu überwinden. Im Gegenteil! Oft fing es schon am Morgen an. Sollte ich als erster aufstehen, damit meine Frau sich noch in die Federn kuscheln konnte oder sollte ich ihr im Bad den Vortritt lassen? Sollte ich zuerst das Kind oder den Hund grüßen? Kaffee oder Tee? Quark oder Joghurt?
In meinem Inneren tobten die Widersprüche. Sie zerrissen meine Persönlichkeit, trieben mich zur Verzweiflung.
Ich ging kaum noch hinaus. Mantel oder

Jacke? Bus oder Auto? Ich zermarterte mir den Kopf. Vor jeder Willensbekundung fing mein Kreislauf an zu flattern, der Blutdruck stieg, ein Adrenalinstoß nahm mir die Sinne. Mein Körper wurde eine Hülle, damit die Innereien nicht die Straße versauten, mein Kopf eine Kruste, damit der Regen nicht mein Hirn unter Wasser setzte. Wer bin ich? Was will ich?

Der Entschluß zum Ausstieg ist mir ebenfalls nicht leichtgefallen. Wenn meine Frau nicht unsere Koffer gepackt hätte, würde ich heute noch entscheidungsunfähig im Büro sitzen. Jetzt gibt es kein Zurück mehr.

Nachtrag: Die Firma von Herrn Peters „Product Promotion & Medienberatung“ existiert noch und wird von seinen Angestellten weitergeführt. Interessenten wenden sich zur Vermittlung von Kontakten an den Autor.

Strassenkampf Mit Vollpension

Ein Reiseveranstalter propagiert den „Outside"-Tourismus

Trekking zu den Langhalsfrauen in Nordthailand? Floßfahrten in den Rocky Mountains? Überlebenstraining in den Bergen Kretas? Völlig out.

„Holiday in Germany" ist angesagt.

Aber wer dabei an Wandern im Schwarzwald, Bergsteigen in den Alpen und Paddeln in der Nordsee denkt, ist auf dem falschen Dampfer. Er hat die Abenteuerlust der deutschen Urlauber unterschätzt. Das meint Peter Oswald, Geschäftsführer von „Outside-Reisen" in Hamburg. Auf der Internationalen Tourismusbörse (ITB) in Berlin bot er als erster Reiseveranstalter ein alternatives Programm an, das heiße Diskussionen über Möglichkeiten und Grenzen des Tourismus hervorrief.

Hier einige Programmpunkte von „Outside-Reisen“:

Hafenstraßen-Weekend

Ein langes Wochenende in den besetzten Häusern am Hamburger Hafen soll „Abwechslung von Behördenstress und grauem Alltag“ bieten. In der Ausschreibung heißt es: „Ein Muß für jeden Achtundsechziger. Sie können revolutionäre Luft schnuppern, an Plenumsdiskussionen teilnehmen, Ihre Straßenkampferfahrung einbringen“. Nicht ausgeschlossen ist die Teilnahme an der Neubesetzung eines leerstehenden Hauses, an einer Demonstration oder die Nacht in Polizeigewahrsam.

Die Verpflegung in der „Volxküche“ ist im Preis inbegriffen.

3 Übernachtungen, Vollverpflegung, ab Hamburg in einer Gruppe mit maximal 8 Personen, 290,- DM (ein Teil des Geldes soll für Anwaltskosten des Hafenstraßenprojektes verwendet werden).

Wochentrip „On the road“

„Wenn Sie Ihre Belastbarkeit prüfen wollen, ist dies das richtige Angebot für Sie“, wirbt der Prospekt.

Eine wahrhaft entbehrungsreiche Woche wird vor Ihnen liegen. Die Ausschreibung ist

unmißverständlich: Mit Tippelbrüdern werden Sie durch das Schwabenland ziehen („Sie erleben die Schönheit einer Region auf direkte unverklärte Weise“), bei der Heilsarmee essen, sich unterwegs ein Zubrot erbetteln, nach einem Schlafplatz umsehen.
Die „Woche ohne nouvelle cuisine, HiFi- und Kulturstress“ soll in Dreiergruppen absolviert werden, stets begleitet von zwei erfahrenen Tippelbrüdern (vielerorts auch Penner genannt). Keine Trinker!
Die Leistung des Veranstalters erstreckt sich auf Vermittlung, Vorbereitungsseminar (ganztägig), Auswertungsgespräch (halbtags) und ständige telefonische Bereitschaft für den Notfall.
Preis, incl. Versicherung, sowie Vor- und Nachbereitungsseminar: 440,- DM.

Programm „Pütt von innen“
Der Bergbau stirbt. In wenigen Jahren wird es keine betriebene Zeche mehr geben.
Für Lehrer, Wissenschaftler, Studenten und Nostalgiker hat „Outside-Reisen“ ein Programm zusammengestellt, das einem „die bizarre Schönheit des Bergbaus, aber auch seine Krise“ zeigen soll.
Begonnen wird mit einer dreitägigen Nordwanderung unter Tage von der kürzlich still-

„Ich habe Hunger": *Beim Programm „On the road" darf man sich getrost ein Zubrot in der Fußgängerzone erbetteln.*

gelegten Zeche „Erwin“ in Castrop-Rauxel Richtung Münsterland (28 km).
Das Programm ist vielseitig: „Sie können die Arbeit vor Ort in drei ineinander übergehenden Bergwerken besichtigen. Dazu kommen Vorträge im Bochumer Bergbaumuseum, ein Besuch der Borkener Schachtanlage und Gespräche mit den Überlebenden der Bergwerkskatastrophe von 1988, Besichtigung von Bergschäden im Ruhrgebiet.“
Mindestteilnehmerzahl: 8 Personen. Zwei Übernachtungen im Zelt unter Tage, drei Übernachtungen bei Kumpeln im Zechenhäuschen. Volle Verpflegung: 640,- DM.

„Lustig ist das Zigeunerleben“
„In Vierergruppen werden Sie bei Sinti und Roma in verschiedenen Städten der Bundesrepublik aufgenommen und erleben mit ihnen das Lagerleben in Wohnwagen und Zelt. Sie nehmen am Aufbruch des Trecks zu einem anderen Ort teil, bewältigen den Alltag dieser fröhlichen und bescheidenen Menschen, lernen ihre Bräuche, Sitten und Lieder kennen und erfahren etwas über die Geschichte ihrer Vertreibung und Diskriminierung“, heißt es im Prospekt.
Die Leistung des Veranstalters für den vierzehntägigen Aufenthalt bezieht sich auf Vermittlung und Versicherung, Unterbringung

und Halbpension; Preis ab Hamburg: 810,- DM.

Jail experience in Santa Fu
In einem Pilotprojekt wurde dem Reiseveranstalter von der Hamburger Strafanstalt Fuhlsbüttel die Genehmigung erteilt, eine begrenzte Zahl von Personen für sieben Tage am Knastleben teilnehmen zu lassen. Das schließt alle Leistungen ein, die die Gefangenen bekommen, aber auch sämtliche Pflichten, einschließlich vierstündiger Arbeit und Kirchgang.
„Eine Woche Ruhe. Zeit zur Selbstbesinnung. Aber auch Kennenlernen des modernen Strafvollzugs."
Nur als Sonderprogramm, begrenzte Plätze; 400,- DM (alles inclusive).

Beispiele aus fast zwei Dutzend Angeboten für Sommer und Winter 1991. Die Palette geht von einer „Drug-Tour" (eine Woche mit Drogenabhängigen) bis zur gemeinsamen Unterbringung mit Übersiedlern in einer Turnhalle („Polen-Tour").
„Der gewöhnliche Tourismus ist in einer Sackgasse. Nur ungewöhnliche Wege führen wieder hinaus," beschreibt „Outside-Geschäftsführer" Oswald seine Geschäftsphilo-

sophie. Den richtigen Weg will der ehemalige Werbetexter nun selbst gefunden haben.
Seit Anfang Januar ist „Outside-Reisen“ mit seinen Prospekten auf dem Reisemarkt. „Das Echo ist gewaltig“, sagt der 36jährige Touristiker. „Wir kriegen täglich bis zu 20 Anfragen. ‚Jail-Expierence‘ und ‚On the Road‘ sind schon bis zum Herbst ausgebucht. Die Leute sind verrückt nach exotischen Abenteuern in der Heimat.“
Zoff hat Oswald allerdings auch bekommen. Seine Zigeuner-Nummer stieß einigen Polit-Freaks übel auf. Sie warfen ihm Vermarktung von unterdrückten Minderheiten und Rassismus vor. „Völlig zu Unrecht. Leute, die so etwas behaupten, haben vom wirklichen Zigeunerleben keine Ahnung. Mir geht es um das gegenseitige Kennenlernen, um den Abbau von Vorurteilen. Was soll daran schlecht sein?“
Daß dabei sein Geldbeutel klingelt, findet der „Outside“-Chef nicht verwerflich: „Wir leben nun mal in der Marktwirtschaft. Nur gute Ideen und Leistung bringen Geld. Von schönen Vorsätzen kann ich nicht existieren.“
Die Kundschaft von „Outside-Reisen“ ist bunt gemischt, allerdings überwiegt der Anteil der Akademiker und Studenten.
„Es tauchen viele Leute auf, die in unserem

Angebot etwas gefunden haben, dem sie in der ganzen Welt nachgejagt sind. Eine Herausforderung, eine Mutprobe, eine außergewöhnliche Belastung. Unsere Programme sind zwar gerade erst angelaufen, aber erste Rückmeldungen bestätigen meine Vermutung: Die Leute sind rundum zufrieden und empfehlen uns weiter."
Im übrigen beruft sich Oswald darauf, daß er die Angebote prüft und sich auf unsittliche Programme nicht einläßt.
„Ich hatte ein Angebot von einem Eros-Center. Vierzehn Tage im Puff, mit Einführungsseminar und allem Schickimicki. Für Spanner, Nymphomanen und Abenteurer. Aber das geht zu weit."
Abgelehnt hat er auch eine Tour in die Psychiatrie, weil Schäden für Reisende nicht nur nicht auszuschließen, sondern auch wahrscheinlich waren.

Die Trabi-Nummer

Das ungewöhnlichste Bordell gibt es in der Ex-DDR

In den fünf neuen Bundesländern („FNL") wird alles schlechter, nur eins wird besser: Die Moral wird schlechter. Ein Grafitti-Spruch wird Realität. Unsere Brüder und Schwestern im Osten drängt es in die Sex-Shops und Porno-Videotheken wie einst die Westdeutschen über die dänische Grenze.
In den ersten Monaten nach der Grenzöffnung wurde auswärts durchs Schlüsselloch geguckt, jetzt wird selbst Hand angelegt. Während sich in den Großstädten die Sex-Bedürfnisanstalten wie ein Ei dem anderen gleichen, geht es in der Provinz beschaulicher zu.
Der heiße Tip eines Antiquitätenhändlers, in Salzwedel gäbe es den „ungewöhnlichsten Puff der Welt", führt mich in die Altmark, in die einstige Grenzstadt. Die Kreisstadt mit rund 23.000 Einwohnern behrebergt chemische und metallverarbeitende Industrie und

das Geburtshaus von Jenny Marx, der Frau des Erfinders der gleichnamigen Weltanschauung.
Große Teile der Stadtmauer und drei gotische Backsteintore sind noch erhalten. In der Innenstadt ist zu einem großen Teil das mittelalterliche, von mehreren Wasserläufen durchzogene Stadtbild bewahrt geblieben. Derbiedere Charme einer Kleinstadt ist überall gegenwärtig. Nichts weist darauf hin, daß hier nachts „die Sau rausgelassen wird".
Der Gesprächspartner, mit dem ich mich telefonisch verabredet habe, erwartet mich mit spöttischem Grinsen vor dem obskuren Objekt der Begierde, dem ehemaligen Kulturhaus der Erdgasarbeiter „Wilhelm Pieck".
Geschäftsführer Walter Eberle ist ein untersetzter Mittvierziger im grauen Anzug. Mit geschwellter Brust führt mich der Objektleiter durch die ehemals heiligen Hallen des Werktätigen. Überall wird noch gehämmert und gesichelt, der Pinsel angelegt.
Der Ausstattung merkt man an, daß hier Schnelligkeit vor Eleganz ging: von der spätbäuerlichen Biederkeit des VEB „Möbelbau Zwickau" im direkten Sprung ins IKEA-Zeitalter. Das Bett kommt aus einem bundesdeutschen Möbelhaus, das, was drin liegt, aus Ostberlin und Leipzig. Das Personal ist durchaus nicht unberührt. Viele haben Sonder-

schichten während der Leipziger Messe gefahren, andere bringen diverse Erfahrungen aus den Bars der Interhotels (im Volksmund: „Pimperhotels“) ein. Eberle hat sich bei der Kommission zur Auflösung des Amtes für Staatssicherheit Einblick in die Kaderakten verschafft, damit keine Damen unter seinen Ausgewählten sind, die „Horch, Guck und Greif“ in Mielkes Auftrag gemacht haben. Ein Einführungsseminar für Berufsanfängerinnen wurde von erprobten Dirnen aus der Hansestadt Hamburg durchgeführt.
Ohne deutsch-deutsche Zusammenarbeit lief ohnehin nichts. Ein über Hamburgs Grenzen hinaus bekannter Amüsierbetrieb war schon vor dem Anschluß der DDR mit 49 Prozent und eigennützigem Engagement mit von der Partie.
Daß der Laden nun ausgerechnet in Salzwedel aufmacht, hat denn auch weniger mit der Geilheit der männlichen Bevölkerung zu tun als vielmehr mit der ehemaligen Grenze, der Nähe zu den Bedürfnissen und Brieftaschen der besserverdienenden Westdeutschen.
Bordellbesitzer Eberle und sein bundesdeutscher Sponsor hoffen auf intensiven Verkehr: „Auch wir halten es mit Willy Brandt. Jetzt wächst zusammen, was zusammengehört.“

Für verwöhnte Wessis und nostalgische Ossis hat Eberle eine besondere Spezialität auf Lager. „Für Freunde der Autonummer!“ sagt der Objektleiter augenzwinkernd und führt mich in einen abgedunkelten Raum. Eine Schadstoffwolke aus Benzin, frisch gemähtem Gras und Aftershave kommt mir entgegen. Zwei Scheinwerfer flammen auf und im indirekten roten Licht wird ein Trabi sichtbar.

„Die Polster sind nachträglich eingebaut“, bekennt der Autofreund. „Auch die Stoßdämpfer sind erneuert.“

Er führt mich um das Liebeslager auf Rädern (Marke: Trabant 601 S, Baujahr: 1978, Farbe: spermaweiß). Die Autonummer kostet einen Blauen extra. Die KFZ-Versicherung haftet nicht für Verkehrsunfälle. Besonderer Clou: Nach zehn Minuten wird auf der Leinwand, auf die ein Wald in einbrechender Dunkelheit projiziert wird, ein Sichelmond deutlich. Vom Tonband ruft ein Käuzchen.

Eberles sündiges Treiben stößt im Ort nicht nur auf Freunde. Seine Eingabe zur „Genehmigung der Durchführung einer Freizeitsektor-Aktivität“ fand im Rat der Stadt auch Widersacher. Letztendlich konnte man sich der Argumentation aber nicht verschließen, daß die freie Marktwirtschaft auch auf der horizontalen Ebene durchgesetzt werden muß.

***Obskures Objekt der Begierde:** „Jetzt wächst zusammen, was zusammen gehört.“*

Eberle, selbst acht Jahre Brigadeleiter im Kulturhaus „Wilhelm Pieck", konnte sich dennoch von einigen „sozialistischen Errungenschaften" nicht trennen.
Der von Ulbricht ausgezeichnete Bestarbeiter Adolf Hennecke scheint auch Leitfigur für die Salzwedeler Stoßbrigade zu sein. So gibt es auch jetzt für die weiblichen Beschäftigten einen „Berufswettbewerb" und eine regelmäßige Plandiskussion.
Eberle: „Es geht um Durchsetzung der Effektivität. Ein Wettbewerb hat sich in meinem damaligen Betrieb bewährt. Es war ja nicht alles schlecht früher."
Aus Gründen der Leistungsmotivierung hat er im Aufenthaltsraum der Erotik-Brigade ein Schild aufgehängt: „Maß meiner Arbeit: Ehrlich, gut und mehr!"
Meine Bitte, die Werktätigen nach Motiven und Arbeitsbedingungen zu befragen, lehnte Eberle mit einem Seufzer ab. „Heute nicht. Die haben alle ihren Haushaltstag."

Das Phänomen der Einzelsocke

Ein Menschheitsproblem steht kurz vor der Lösung

Wer kennt nicht jenes langlebige Baumwollprodukt, das mutterseelenallein in den Schubladen auf seinen Einsatz wartet, weil sein Zwillingsbruder spurlos verschwunden ist?

Millionen Menschen in allen Erdteilen ärgern sich schwarz über den Schwund eines Gebrauchsgutes, das materiell nur einen Schaden von einigen Mark, psychisch aber eine nicht zu unterschätzende Belastung bedeutet.

Wieviel kostbare Stunden haben bedeutende Persönlichkeiten auf unserem Erdball dafür geopfert, einem verlustigen Strumpf auf die Spur zu kommen?

Wieviel zuverlässige Waschmaschinen wurden als „sockenfressende Ungeheuer“ diffamiert?

Das soll nun vorbei sein!
Die Wissenschaft hat auch von diesem Phänomen den Schleier des Mystischen gerissen und es in nackte Zahlen, Analysen und Erkennungsmuster gepreßt. Der Fachbereich Soziologie der Freien Universität Berlin hat sich in einer Seminarfolge mit *„Verlustgegenstände – soziale Wirklichkeit und soziologische Erkenntnisse"* beschäftigt und insbesondere der Einzelsocke eine Schlüsselrolle zugedacht.
Professor Winfried Stumpf begründet sein Engagement mit beeindruckenden Fakten: „Die Einzelsocke ist – mehr noch als die verschwundene Schere – ein Massenproblem. 85 Prozent der Bevölkerung sind davon betroffen. Der laufende Verlust von Strümpfen in der Bundesrepublik ist derzeit so hoch, daß man alle fünf Jahre davon ein Band um die ganze Erde legen könnte."
Dozent Moritz Häberlein, der seine Doktorarbeit (*„Die Einzelsocke – Identität, Interpretation und Lösungsversuche"*) zu diesem Thema geschrieben hat, ergänzt folgerichtig: „Wenn alle analytischen Variablen und die dynamische Generalisierung, die die Wirkungsweise des Phänomens spezifiziert, bekannt wären und angesichts der komplexen prozessualen Interdependenz des empirischen Systems gleichzeitig in Ansatz ge-

bracht werden könnten, so könnte mit Hilfe dieser das empirische System hinreichend beschrieben werden. Das war nicht der Fall."
Wie dem auch sei, das Problem ist bekannt.
Bei den Recherchen zu diesem Beitrag unternahm der Autor einen Selbstversuch. Bei einer Gesamtzahl von 21 Paar Socken wurden vier Einzelsocken gefunden, die weder nach Farbe, Größe und Muster zusammenpaßten. Es handelte sich um zwei Tennissocken mit blau-roten und schwarz-blauen Ringen, sowie um einen braunen und einen schwarzen Socken.
Stellt sich die Frage nach den Ursachen des Schwunds.
Moritz Häberlein: „Harbottle hat 1988 in seinem Buch *„Lost socks – positions and prospects"* Forxheimers Theorie von der „sockenfressenden Waschmaschine" bereits eine deutliche Absage erteilt. In der Tat geht es nicht um physikalische Prozesse, sondern um Probleme sozialer und innerer Ordnung. Es geht letztendlich um das unverändert, daher verbindende Problem von Individuum und Gesellschaft."
Das ist leicht gesagt. Aber immerhin.
Für erwähnenswert halten Stumpf und Häberlein in diesem Zusammenhang die Tatsache, daß sich der Verlust von Socken pro-

portional umgekehrt zum Alter der Untersuchungspersonen verhält.

Tabelle 1

Männer zwischen	10-15	16-20	21-25	26-30	31-35	36-40	41-45	46-50	51-55	56-60	> 60
über 10 % des Bestands an Socken	30	53	42	19	16	11	10	8	4	8	3
7 – 10 %	52	30	37	26	18	15	8	7	9	11	8
4 – 6 %	10	11	9	6	31	18	18	22	10	13	15
1 – 3 %	2	15	1	21	23	34	38	29	41	29	30
kein Verlust	6	8	0	5	9	17	25	32	32	43	44

Die Statistik weist aus, daß junge Männer zwischen 21 und 25 Jahren die höchste Verlustquote an Socken haben.
Eine weitere Aufschlüsselung hat ergeben, daß es sich vor allem um alleinstehende Männer in Großstädten mit mehr als 300.000 Einwohnern handelt, mehrheitlich mit gutem Einkommen und höherer Bildung.
Eine Untersuchung substantieller Aussagen beweist zudem, daß mit dem Grad der individuellen Vereinsamung auch der Verlust von Socken steigt.
Professor Stumpf sieht einen deutlichen Zusammenhang zwischen dem Verlorensein in der Gesellschaft und der Nachlässigkeit im Umgang mit Gebrauchsgegenständen. Drei Viertel der Befragten in der am meisten gefährdeten Personengruppe unterschätzten –

Sockensoziologe Dr. Moritz Häberlein (FU Berlin):
Höchste Verlustquote bei gut ausgebildeten und einkommensstarken männlichen Singles zwischen 21 und 25 Jahren in Großstädten mit mehr als 300.000 Einwohnern.

zum Teil erheblich – die Zahl der tatsächlich vorhandenen Strümpfe.
Die exaktesten Zahlen konnten dagegen verheiratete Frauen mit Hauptschulabschluß in Kleinstädten unter 30.000 Einwohnern nennen. Für diese Personengruppe rangierte in der parallel angefertigten Werteskala der Begriff *Ordnung* an vorderer Stelle.
Häberlein sieht daher im Ordnungsproblem einen entscheidenden Schlüssel zur theoretischen Aufarbeitung des Problems: „Wenngleich Holbe *(Thomas Holbe: Residualkategorien in der Werterichtung, Granit-Verlag, Zürich 1987)* zu einer voluntaristischen Lösung des Ordnungsproblems tendiert, halte ich an meiner These fest, daß idiosynkratische sozial wie individuell untergeordnete, zufällige Leidenschaften und Begierden das Verhältnis zu Gebrauchsgütern gestalten".
Eine These, die nicht unumstritten ist.
Unumstritten ist dagegen, daß die emotionale Gewichtung des Verlustes an Socken unterschiedlich ist. Am deutlichsten wird die Differenz, wenn man die Untersuchungsgruppe „Männer 20 – 25" mit „Frauen 50 – 55" nach ihren Emotionen fragt.

Tabelle 2

Der Verlust von einzelnen Socken ist ...

	Männer 20-25	Frauen 50-55
schmerzlich	4	34
macht mich betroffen	7	26
mir gleichgültig	54	9
amüsant	22	8
nicht aufgefallen	13	23

Häberlein schließt daraus, daß der Wertkonsensus geschlechterspezifisch auf das soziale Erscheinungsbild des Individuums wirkt, vor allem auch im Umgang mit einzelnen Gebrauchsgegenständen.
Noch eindeutiger wird der Unterschied, wenn die Untersuchungspersonen nach Erklärungsmustern für den Verlust der Socken befragt werden.

Tabelle 3

Für den Verlust einzelner Socken sehe ich folgende Ursachen:

	Männer 20-25	Frauen 50-55
von der Waschmaschine gefressen	8	21
beim Trocknen geklaut/ verloren	16	24
auf Reisen verloren	33	8
wegen Verfärbung weggeschmissen	21	7
von Freunden verschleppt	13	3
in Kleiderschrank verkramt	19	6
keine Ahnung	21	30

mehr als 100 %, weil Mehrfachnennung möglich

Mit ihren beachtlichen Erkenntnissen wollen Stumpf und Häberlein dazu beitragen, daß Forschung und Wissenschaft den Menschen bei der Lösung der Alltagsprobleme helfen. Ein auf ein halbes Jahr begrenztes Versuchsprogramm in einer Wohngemeinschaft, die Verluste über dem statistischen Durchschnitt ausgewiesen hatte, ist bereits angelaufen.

Stumpf verspricht sich davon konkrete Lösungsvorschläge.

Sein Resümee: „Das Phänomen der Einzelsocke ist kein globales Problem. Es ist Aus-

druck der Werteveränderung in der vorwiegend patriarchalisch geprägten Industriegesellschaft."
Häberlein: „Die Immanenz der Entwicklung hat sich eindeutig als intuitiv-rationalistische Herausforderung charakterisiert, mit besonderem Bezug auf das Problem der Beziehungen zwischen der Motivation für Rollenhandeln und dem Handeln aufgrund von Normenmechanismus."
So ist es.
Wir sind der Wahrheit ein Stück näher gekommen.

Egon Krenz im Sonderangebot

Die Vermarktung der SED-Promis hat begonnen

Die Einladung an Stasi-Chef Mielke aus der Kölner Sponti-Szene sorgte in diesen Tagen für Aufsehen. Wie die „Tagesthemen" berichteten, soll Mielke nach seiner Haftentlassung im „Autonomen Zentrum" auftreten. Mielke sollte Premiergast der Alternativ-Oper „Phantome der Stasi" sein. Der Stadtrat hat entschieden dagegen protestiert.

Meine Recherchen haben indes ergeben, daß noch mehr Ex-DDR-Promis in Köln auf Tournee sind.

Ex-FDGB-Boß Harry Tisch wird in einer Prozeßpause zu einer PR-Veranstaltung der Unternehmensberatung „Heidemann & Söhne" im Dom-Hotel erwartet. Thema seines Vortrags: „Die Gewerkschaften als Transmissionsriemen der Parteien."

Vom „Kölner Presseclub" liegt ferner eine

Einladung an Ex-Propagandachef Joachim Herrmann vor. Außerdem wird Margot Honecker beim „Express“ erwartet. Daß die ehemalige SED-Prominenz gleich im Viererpack auftaucht, ist kein Zufall.
Alle Fäden laufen bei der „Medienagentur Cardi & Partner“ zusammen, die in Köln-Ehrenfeld ihren Sitz hat. Die Agentur hat sich auf die Vermittlung von Künstlern und Polit-Prominenz spezialisiert.
Die Angebotspalette ist groß: von Uwe Seeler bis zum Enkel Adenauers, von Erika Berger bis zur Witwe Marcos.
Firmenchef Roger Cardi: „Wenn jemand mit Forschungsminister Riesenhuber frühstükken oder mit Pierre Brice Squash spielen will, sein Betriebsfest mit Boris Becker oder seine Gartenparty mit Mick Jagger aufwerten will, wendet er sich an uns. Alles ist machbar. Es ist nur eine Frage des Preises.“
Offenbar haben zur Zeit ausgediente SED-Funktionäre Hochkonjunktur. Cardi liegen fast hundert Anfragen aus der Bundesrepublik und dem Ausland vor. Schon im 1982 Dezember schloß er einen Exclusivvertrag mit fast allen DDR-Promis. Nur Katharina Witt, Gregor Gysi und Hans Modrow vermarkten sich selbst.
An der Spitze der Nachfrage: Erich Honecker.

Cardi: „Den könnte ich rund um die Uhr einsetzen. Hoffentlich hält er gesundheitlich durch."
Ernsthaften Interessenten wird auf Anfrage eine „Zoni"-Preisliste zugeschickt. Die Preise beziehen sich auf eine Anwesenheitsdauer des Prominenten von mindestens drei Stunden, die Beträge in Klammern beinhalten das Honorar für einen halbstündigen Vortrag.

Axen, Hermann	1.200 DM	(2.500 DM)
Krenz, Egon	1.800 DM	(2.500 DM)
Honecker, Margot	3.500 DM	(4.200 DM)
Honecker, Erich	6.000 DM	(9.000 DM)
Tisch, Harry	2.000 DM	(2.800 DM)
Mittag, Günter	2.800 DM	(3.500 DM)
Schabowski, Günter	1.100 DM	(1.800 DM)
Mielke, Erich	4.300 DM	(6.000 DM)
Schalck-Golodkowski, Alexander	5.000 DM	(7.000 DM)

Ein paar Spitzenfunktionäre mußte Cardi wieder aus der Liste nehmen. Der ehemalige FDJ-Vorsitzende Eberhard Aurich erwies sich als unverkäuflich (er wurde zuletzt mit 400 DM taxiert). Auch Willi Stoph und Manfred Gerlach gehen nur schwer. Die Verhandlungen mit Eduard Schnitzler scheiterten an

zu hohen Forderungen des „Schwarzen Kanal“-Moderators.
Roger Cardi hat auch aus anderen Staaten aktive oder ausgesonderte Polit-Prominenz im Angebot. Ob Schönhuber oder Ernest Mandel, für den Firmenchef sind politische Agitatoren in erster Linie Markenartikel. „Ich bin völlig unpolitisch. Mich interessieren Angebot und Nachfrage. Ich bin ein Mittler zwischen Interessen. Es ist mir völlig egal, ob einer links oder rechts steht, ob es ein entlassener Strafgefangener oder ein amtierender Staatspräsident ist.“ Seine liberale Einstellung und seine Vermittlertätigkeit läßt sich Cardi mit 30 Prozent Gebühr vergüten.
Ein Geschäft ist ihm durch die Lappen gegangen. Der Exclusiv-Vertrag mit dem Ceausescu-Clan war bereits unter Dach und Fach. Er konnte aus bekannten Gründen nicht realisiert werden.

Bei Roger Cardi unter Vertrag: *Drei Stunden Anwesenheit kosten 1.800,- DM.*

Newcomerin Des Jahres

Mit Leserbriefen zum Erfolg

Im Mai wird die Industrie- und Handelskammer die 31 jährige Petra Friese als „Newcomerin des Jahres“ auszeichnen. Der Preis wird jährlich für besonders spritzige Ideen und Marktstrategien, verbunden mit der Schaffung neuer Arbeitsplätze, vergeben werden. Petra Friese bekam die Auszeichnung für ihr „LBS-Medienkonzept“.
Im folgenden Gespräch verrät die „Senkrechtstarterin in Sachen Karriere“ ihr Erfolgsrezept.

Frau Friese, die Industrie- und Handelskammer preist Sie als ideenreiche Unternehmerin. Was verbirgt sich hinter der Abkürzung „LBS-Medienberatung?“

Ein sehr banaler Begriff: Leser...brief... schreiben.

Das müssen Sie erklären!

Ich muß etwas ausholen. Wir leben in einer Mediengesellschaft, in der das geschriebene Wort für viele Menschen zur Orientierung wird. Die veröffentlichte Meinung hat Leitbildfunktion. Sie hilft Menschen, Antworten auf komplizierte Fragen zu finden. Dieser kommunikativen Herausforderung stelle ich mich, in dem ich mich bewußt durch Leserbriefe in den Meinungsbildungsprozeß einschalte.

Sie täuschen damit die Zeitschriften, die glauben, ehrliche Leserreaktionen vorzufinden.

Sie sind naiv. Die Zeitungsredaktionen sind unsere besten Kunden. In unserem Land gibt es mehr als 2000 Zeitungen, Fachzeitschriften und Illustrierte. Sie alle brauchen Zuschriften, um die eigenen Beiträge zu reflektieren. Man nennt das „Leser-Blatt-Bindung". Keine Zeitung kann sich auf Zufälle oder spontane Reaktionen ihrer Leser verlassen. Die Zeiten, in denen Briefe freiwillig von erregten Lesern geschrieben wurden, sind vorbei. Sicher, es gibt immer noch ein paar Unentwegte. Aber in unserer Informationsgesellschaft ist das Erarbeiten von Leserzuschriften – ich benutze bewußt den Terminus „erarbeiten" – nicht mehr individuell zu bewältigen.

Wie sind Sie auf die Idee gekommen, hauptberuflich Leserbriefe zu schreiben?

Auch ich habe klein angefangen. Mit einem Leserbrief an eine Tageszeitung. Ich protestierte darin gegen den Bau einer Umgehungsstraße durch unseren Stadtteil. Der Brief wurde veröffentlicht und sogar Gegenstand öffentlicher Auseinandersetzung. Freunde baten mich darauf, Partei für ein Tierheim zu ergreifen. Auch das war sehr erfolgreich, aber letztendlich Kleinkram, honoriert mit Einladungen zum Essen. Die Wende kam mit der letzten Wahl. Eine Partei bat mich, ihre parlamentarischen Vorstöße durch zustimmende Leserbriefe zu begleiten. Sie zahlte DM 100,- pro Veröffentlichung. Natürlich schrieb ich mit wechselnden Pseudonymen. Dennoch sprach es sich herum. Ich konnte mich vor Aufträgen nicht mehr retten.

Was sind das für Leute, die zu Ihnen kommen und Leserbriefe in Auftrag geben?

Meine Kunden kommen aus allen Schichten. Da sind einmal die Zeitschriften selbst. Dann sind es Geschäftsleute, die sich von veröffentlichten Zuschriften einen Werbeeffekt erhoffen, Privatleute, die im Bekanntenkreis mit brillanten Formulierungen glänzen wollen. Auch Politiker.

Im Klartext: Sie manipulieren die öffentliche und veröffentlichte Meinung?

Das klingt wie ein Vorwurf. Ich sehe meine Arbeit nicht nur als Dienst am Kunden, sondern – auch wenn es sich etwas pathetisch anhört – auch als Dienst für die Gesellschaft. Bereits 1960 sprach der Publizist Hanns Braun über Leserbriefe als „Meinungsfreihafen". Zu Recht! Das Schreiben von Leserbriefen gehört zu den hohen ethischen Werten in einer freiheitlich demokratischen Gesellschaft. Sie sind das Spiegelbild des sozialen Organismus und auf ihre Weise das „Beschwerdebuch der Epoche". Durch unsere Leserbriefe werden auch andere ermutigt, sich zu äußern.

Was kostet ein Leserbrief aus Ihrer Feder?

Zwischen 5,- und 10,- DM pro Zeile plus Mehrwertsteuer. Für wissenschaftliche Arbeiten oder SPIEGEL-Leserbriefe wird ein festes Honorar vereinbart. Bei „Offenen Briefen" von Politikern ist eine sogenannte Erschwerniszulage fällig, die wir in unserem Büro intern „Schmutzzulage" nennen.

Jungunternehmerin Petra Friese (31), Mitarbeiter:
Leserbriefe als Spiegelbild des sozialen Organismus

Sie sprechen von einem Büro. Wieviele Leute haben Sie beschäftigt?

Zur Zeit arbeite ich mit modernem Computer-Equipment in einer Büroetage. Unser Team besteht aus einer Sekretärin, einer Buchhalterin und sechs professionellen Leserbriefschreibern, quotiert natürlich. Zur Zeit suchen wir wieder neue Leute. Es wäre schön, wenn sich junge und ideenreiche Talente bei mir melden würden. Gegenwärtig bemühe ich mich um die Anerkennung als Ausbildungsbetrieb. Leserbriefschreiber bzw. Leserbriefschreiberin muß ein anerkannter Ausbildungsberuf werden.

Wir können uns nicht vorstellen, daß man für das Schreiben von Leserbriefen eine zwei- oder dreijährige Ausbildung benötigt.

Sie unterschätzen diese Arbeit. Das Erarbeiten von Leserbriefen setzt eine fundierte Allgemeinbildung, Fachkenntnis, Einfühlsamkeit und Sprachbegabung voraus. Es erfordert Konzentration auf das Wesentliche, Beschränkung auf das Notwendige und stilistische Variationsfähigkeit.
Ich möchte als Beispiel nur die Historiker-Debatte erwähnen. Bekanntlich war das Leserforum der „Frankfurter Allgemeinen" Tri-

büne heftiger Auseinandersetzungen über die Vorkriegsjahre. Fast alle Zuschriften entstanden in unserem Büro. Ein Auszubildender hätte hier einen tiefen Einblick in die deutsche Geschichte erhalten, sie aus unterschiedlicher Sicht bewerten und in prägnanten Sätzen seinen Brief vom Vortag widerlegen müssen. Derartige Geschicklichkeit wird selbst ein Volontariat bei einer Tageszeitung nicht vermitteln können.

Haben Sie ein todsicheres Rezept, das Ihnen garantiert,daß Ihre Briefe auch veröffentlicht werden?

Ich will nicht aus der Schule plaudern, aber soweit: Prägnant, provokativ, kurz, Sprachwitz. Viele Redakteure sind faule Hunde. Denen wäre es am liebsten, wenn der Text schon redigiert und gesetzt wäre. Diese Bequemlichkeit muß man ausnutzen.

„Ich liebe die Rentner-Nummer"

Erste Erfahrungen mit dem „Aggressionspark"

Der Kopf des Mannes ist puterrot. Seine Hände krampfen sich um das Steuer des silbergrauen BMW. Heinz Lang (46), Speditionskaufmann aus Bottrop, kneift die Augen zusammen. Mit exakt 50 km/h tuckelt ein monsungelber Trabant durch den menschenleeren Ort.

„Dieser Arsch!" schreit Lange und schießt zwei Lichtgranaten ab. Trotz Überholverbot schert er aus, zeigt beim Vorbeifahren dem Trabifahrer den „Stinkefinger" und rast von dannen.

Was der BMW-Fahrer nicht ahnt, der Trabi-Fahrer aber weiß: Lange hat soeben seiner Fahrerlaubnis Lebewohl gesagt. Der Mann im Ostauto war ein Stuntman des TÜV.

Bittere Realität, die sich Tag für Tag in der

Nähe des allen Autofahrern bekannten Kamener Kreuzes abspielt. Seit drei Wochen betreibt der Technische Überwachungsverein (TÜV) in Zusammenarbeit mit dem ADAC und einem Bochumer Automobilkonzern hier das TEFAGA, das „Testgebiet für aggressionsgefährdete Autofahrer“.
Es ist die Antwort auf den zunehmenden Krieg auf der Straße. Schon vor einem Jahr hatte der Sozialpsychologe Gerd Glanz gewarnt: „In unserer Gesellschaft setzt sich derjenige durch, der rücksichtslos, hart und unnachgiebig ist. Das hat Konsequenzen für das Fahrverhalten.“
Verkehrsalltag auf deutschen Straßen: Die zunehmende Verkehrsdichte hat dazu geführt, daß viele Autofahrer lange im Stau stehen. Offener Haß gegen Langsame, Neulinge und „Zonis“ ist an der Tagesordnung. Messerstechereien, Schlägereien und üble Beleidigungen zwischen Verkehrsteilnehmern sind keine Seltenheit mehr.
Mit Hilfe von TEFAGA haben die Behörden jetzt die Notbremse gezogen.
Zwei wegen Bergschäden schon vor Jahren verlassene Ortschaften und ein Straßennetz von rund 26 km sind für das Testgelände abgesperrt worden. An allen markanten Punkten sind Videokameras angebracht. Sogenannte Stuntmen des TÜV simulieren Alltags-

leben in den gottverlassenen Dörfern und damit auch scheinbare Verkehrsunsicherheit und Gefährdung von Gesundheit und Leben. Den Turbos und Trabis, die nun in amtlichem Auftrag über die Piste rollen, wird keine hohe Lebensdauer vorhergesagt. Es kracht und scheppert wie im richtigen Leben.
Heinz Lange absolvierte hier eine vom Gericht verordnete Fahrprüfung, nachdem er vorher mehrfach wegen aggressiven Fahrens polizeilich aufgefallen war. Eine Stunde sollte er herumkurven, ohne negativ aufzufallen. Die kniffligen Situationen, die er während der Prüfung meistern mußte, sind von Verkehrspsychologen ausgearbeitet worden.

– Auf einem Zebrastreifen, vor dem Lange halten mußte, hatte offenbar ein Rentner einen Anfall von Unschlüssigkeit und Gedächtnisverlust. Er bewegte sich vor und zurück. Schließlich kehrte er wieder um, als er die Straße fast schon überquert hatte.

– An einer Ampel würgte eine junge Frau ihren 2 CV („Ente“) ab und hinderte Lange minutenlang an der Weiterfahrt.

– Ein LKW-Fahrer blockierte mit seinem

***TEFAGA-Aggressionstest am Zebrastreifen:** „Anfall von Unschlüssigkeit“*

7,5-Tonner die Straße, weil er das Fahrzeug nicht in eine Einfahrt manövrieren konnte.

– Ein Porsche verfolgte Lange mit Millimeterabstand auf einer Straße mit Überholverbot und Geschwindigkeitsbegrenzung und nötigte ihn mit Lichthupe zum Beschleunigen.

Die TÜV-Stunts, die mal Rentner, mal Porsche-Fahrer spielen, sind ausgebildete Testfahrer, mittlerweile aber auch geübte Nahkämpfer. Nicht selten mußten sie sich gegen Handgreiflichkeiten der Prüflinge wehren.
Fünfzehn Männer und vier Frauen haben die Betreiber des TEFAGA für das Pilotprojekt angestellt. Ihren Einsatz sehen die Stunts wie Missionare.
Olaf Kostede, 26, beurlaubter ADAC-Mitarbeiter aus Dortmund: „Durch unseren Einsatz können wir dem Autofahrer die Fahrlässigkeit seines Verhaltens besser deutlich machen als ein Lehrfilm.“
Reinhard Alter, 34, TÜV-Mitarbeiter aus Unna: „Mich hat auch die Schauspielerei gereizt. Ich liebe zum Beispiel die Rentner-Nummer. Ich spüre richtig, wie die Testpersonen vor Wut kochen.“

Bisher sind die Personengruppen, die in den zweifelhaften Genuß der „Aggressionsstrekke“ kommen, allerdings sehr begrenzt. Es handelt sich um

– Fahrschüler aus dem Raum Kamen, die sich freiwillig diesem Test unterziehen wollen,

– Berufsfahrer dreier Konzerne, die hier ihre Fahrtüchtigkeit unter Beweis stellen sollen, und

– Anwärter auf die erneute Ausstellung einer Fahrerlaubnis, die ihnen wegen aggressiven Fahrens abgenommen worden ist (nur nördliches Ruhrgebiet).

Damit ist der „Aggri-Park“ allerdings noch nicht ausgelastet.

Wenn Ende des Jahres der Vertrag mit dem TÜV ausläuft, will der ADAC die Teststrecke übernehmen und seinen Club-Mitgliedern zur Verfügung stellen.

Geschäftsführer Bogen: „Viele unserer Mitglieder sehen im Autofahren eine Freizeitbeschäftigung. Dem wollen wir Rechnung tragen. Es ist doch besser, die Leute lassen auf der Teststrecke die Sau raus statt im Straßenalltag.“

Wie rammelt der Ost-Hase?

Erregende zoologische Erkenntnisse nach der Wiedervereinigung

Der Tierpark im oberfränkischen **Hof** hat in der Vergangenheit die zoologische Fachwelt mit neuen Erkenntnissen nicht gerade bereichert. Auch der Zoo im 21 km entfernten **Bad Elster** auf dem Gebiet der ehemaligen DDR hatte lediglich Bedeutung für den Ausflugsverkehr. Nach dem Anschluß der DDR war es – vor allem unter wirtschaftlichen Gesichtspunkten – folgerichtig, daß sich beide Parks zusammenschlossen. Die 634 Tiere wurden zur Entlastung des Stadtsäckels des vogtländischen Kurortes in Hof zusammengefaßt. Mit sensationellen Folgen: Die Vereinigung im Tierreich brachte Ergebnisse, die Ethologen aus der ganzen Welt nun zur vergleichenden Verhaltensforschung nach Bayern zieht.

Die ersten Unterschiede stellten Pfleger bei der Nahrungssuche und Nahrungsaufnahme der Tiere fest.
Die Eichelhäher [Garrulus glandarius] aus Thüringen bohrten Vorratshöhlen in abgestorbene Bäume und horteten Getreide- und Samenkörner in riesigen Mengen. Die bayrischen Eichelhäher, offenbar an Überfluß gewöhnt, legten kleine Lager an. Bei Nahrungsmangel plünderten sie die Vorratshöhlen ihrer Artgenossen.
Die Schimpansen [Pan troglodytes], die aus der ehemaligen DDR kamen, sorgten für große Belustigung. Die Nahrungsaufnahme gestaltete sich in den ersten Wochen zu einem Spektakel, da die Affen offenbar mit der ungewohnten Kost nichts anzufangen wußten. Sie schälten die Bananen nicht, sondern bissen hinein. Allerdings zeigten sich die DDR-Affen äußerst lernfähig. Sie entwickelten zum Beispiel sogenannte „Bettelmethoden", mit denen sie Tierpfleger und Besucher zum Füttern nötigten.
Eine Übernahme von Verhaltensweisen ihrer Artgenossen aus dem Westen war auch bei den Hausziegen [Capra aegagrus] festzustellen. Gegen die einheimischen Ziegen, die ihren Tag vor allem mit Stänkern und Streiten verbrachten, waren die Ost-Ziegen zahm und ruhig. Es dauerte allerdings nur drei

Wochen, bis die Ziegen aus dem Vogtland das Gehabe der bayrischen Art nicht nur übernommen, sondern an Intensität und Lautstärke sogar überboten hatten.
Auffälliges und verändertes Verhalten auch bei den angestammten Tieren. Der Argus-Fasan [Syrmaticus reevesii] versuchte seine neuen Mitgefangenen auf übliche Weise zu beeindrucken. Er fächerte seinen reich geschmückten bunten Schwanz auf. Sein ritualisiertes Werbeverhalten setzte sich in ständigem Picken, Fußtrampeln und Hüpfen mit voll aufgestelltem Schwanz fort. Dieses Imponiergehabe wird normalerweise nur kurzzeitig während der Balz eingesetzt. In dieser speziellen Situation scheint sich dieser Argus-Fasan allerdings eine Dauererektion zugezogen zu haben.

Verhaltensforscher H. P. Schmitz forschte wochenlang, wie beim Paarungsverhalten der vereinigten Tiere der Hase läuft. Bereits im Februar beobachtete er die sogenannten Märzhasen [Leporidae] beim Kampf.
Frühere Untersuchungen besagten, daß nicht nur Hasenmännchen miteinander fighten, sondern auch Männchen mit Weibchen als Teil des Paarungsverhaltens miteinander boxen. Der Wissenschaftler entdeckte jetzt, daß genau da der Hase im Pfeffer liegt. Der

vogtländische Hase buhlte zwar um die bayrische Häsin, gerammelt wurde aber nur die Ost-Häsin, die wiederum keinen „Wessi“ ranließ.
Diese Art sexueller Selektion ist bisher einmalig, weil sie Unterschiede offenbar nur wegen der territorialen Herkunft macht.
In diesem Zusammenhang ist erwähnenswert, daß die Wildschweine [SUS SCROFA] wieder getrennt werden mußten. Im Sommer letzten Jahres waren drei (westliche) Keiler mit mehreren (östlichen) Bachen zusammengelegt worden. Die Dominanz der Keiler wurde aber von den Bachen außerhalb der Paarungszeit nicht akzeptiert. Das Gehege mußte geteilt werden.
Völlig anders dagegen das Verhalten der Hirsche [CERVIDAE]. Ein neues Gehege wurde im letzten Jahr eingerichtet, das Platz genug für beide Hirsche mit ihren Rudeln ließ. Während der östliche Geweihträger sich bescheiden auf einem Drittel des Territoriums niederließ, durchstöberte der West-Hirsch bereits nach dem zweiten Tag das Revier seines Konkurrenten. Im Tierpark erwartete man einen Kampf. Doch es geschah Ungewöhnliches: Als der West-Hirsch ein paar Mal kräftig röhrte, zog sein Konkurrent den Schwanz ein. Kampflos ordnete er sich unter

Wie paaren sich Ost- und West-Hasen? *Schulausflug zu den Leporidae im Oberfranken-Zoo*

und überließ Hirschkühe und Weidegründe seinem Nebenbuhler.
Dieses veränderte Rollenverhalten stellt insbesondere die Soziobiologen vor neue Rätsel, die bisher das Brunftgehabe der Wiederkäuer weitgehend erforscht glaubten.
Auch in dem Teil des Tiergeheges, der frei zugänglich ist, machten die Experten interessante Beobachtungen. Die drei ansässigen Entenpaare [ANAS PLATYRHYNCHOS] wehrten sich lautstark gegen die Zugänge. Die Rivalenkämpfe waren zeitweilig so heftig, daß Kindern das Betreten der Wiese verwehrt werden mußte. Als durch eine Spende der Entenpark um zwei polnische Exemplare bereichert wurde, veränderte sich das Aggressionsverhalten erheblich. Die ausländischen Neulinge wurden von allen Enten gemeinsam attackiert. Sie wurden solange bekämpft, bis sie in einem separaten Teil untergebracht wurden.
Da sich eine derartige Umformung des sozialen Verhaltens der Tiere gegenüber der eigenen Art auch bei den anderen Wirbeltieren beobachten ließ, wird nicht ausgeschlossen, daß die Lorenz'sche Aggressionstheorie überdacht werden muß.
Im Bibergehege gab es ein dramatisches Ereignis. Der einheimische Biber [CASTOR FIBER] überlebte den ersten Monat nach der Wieder-

vereinigung nicht. Nachdem seine Gattung von der mittleren Elbe zu ihm ins Gehege gesteckt wurde, begann er arbeitswütig das Waldgelände umzukrempeln. Er baute einen Staudamm nach dem anderen, während seine Artgenossen die ungeheure Produktivität aus der Ferne betrachteten. Nach vier Wochen erlag der West-Biber der Überanstrengung.

Die Beobachtungen in Hof führten bereits zu einem Wissenschaftlerstreit. Der Anthropologe Max Klose erklärte im Hinblick auf die Zusammenhänge zwischen menschlicher Kultur und tierischen Verhaltensweisen: „Wir haben einen weiteren Beweis, daß Tiere menschliche Verhaltensmuster kopieren, ja offenbar sogar Resultate politischer und gesellschaftlicher Prozesse in sich aufnehmen."

Als Beispiel führt Klose die Webervögel [PLOCEIDAE] an. Im Gegensatz zu den Tieren aus dem bayrischen Bestand verfügen die Vögel aus Bad Elster über eine perfekt entwickelte Nestbautechnik. Ohne Bindemittel verweben sie nicht nur Blattstreifen miteinander, sondern auch völlig fremde und unnatürliche Baumaterialien. Das Improvisationstalent der Webervögel, so Klose, habe seine Parallelen in der Geschicklichkeit der DDR-Bevölkerung in den 80er Jahren, angesichts des Mangels an Baustoffen. Der amerikanische Tierverhaltensforscher Prof. L. A. Howard sprach dagegen von dem „Syndrom der Doppel-Gefangenschaft“, die zur Veränderung sozialer Verhaltensweisen bei den Tieren geführt habe.

Es wäre allerdings vermessen, von grundsätzlich anderem sozialen Verhalten der Tiere aus dem Osten zu sprechen. Bei Duftmarkierung, Hackordnung, Ritualisierung und selektiver Wahrnehmung unterscheiden sich die meisten Tiere nicht. Keinerlei Unterschiede gibt es zum Beispiel bei Geiern, Faultieren, Schlangen und Eseln.

Eine Nichtigkeit am Rande: Die aus Bad Elster herübergeschaffte Robbe [PHOCA VITULINA] litt schon wenige Wochen nach ihrer Einlieferung an Hautausschlag. Der Tierarzt vermutete eine Allergie im Zusammenhang mit Wirkstoffen im Wasser. Und wirklich: Nachdem noch Restbestände des in der DDR früher üblichen Reinigungsmittels Lysol aufgetrieben und angewandt wurden, gesundete die Robbe.

Zoodirektor Winterscheidt glaubt, daß die Wiedervereinigung im Tierreich noch weitere sensationelle Erkenntnisse zutage fördern wird. Seine Aufmerksamkeit konzentriert sich auf einen Streifenskunk [MEPHITIS MEPHITIS], der wieder zu seiner Sippe gesetzt wurde. Der knapp 40 cm lange Allesfresser mit schwarzem Fell und weißen Abzeichen war eine Leihgabe von Hof an den DDR-Tierpark. Die ersten drei Jahre verbrachte er im Westen, dann vier Jahre im Osten. Winterscheidt will untersuchen, welche Verhaltensweisen sich verändert haben. Von der Vitalität seines Versuchstieres ist er überzeugt. Der Zoodirektor: „Stinktiere kommen überall zurecht!“

Ende